AUDE EST UNE LANGUE DE VIPÈRE

MARTIN A LA GORGE NOUÉE

LUNA A DES VALISES SOUS LES YEUX

RÉMI A UNE BELLE PAIRE D'ANSES

MICHEL RIT DANS SA BARBE

NINO EST UNE BONNE POIRE

MARCO A LE NEZ EN TROMPETTE

LOUIS A DES ÉPIS DANS LES CHEVEUX

HUGO A TOUJOURS LA BANANE

BRIGITTE A LA BOSSE DES MATHS

CHRISTINE A UN COMPAS DANS L'OEIL

LOUIS RIT COMME UN PEIGNE

HENRI EST SOURD COMME UN POT

LÉON RESTE DE GLACE

NADINE N'A PAS LES YEUX DERRIÈRE LA TÊTE

ÉVIDENT,
COMME LE NEZ AU MILIEU DE LA FIGURE DE CÉLINE

VICTOR A UN CHAT DANS LA GORGE

HECTOR A UN VERRE DANS LE NEZ

ALICE A UNE TÊTE COMME UNE PASSOIRE

LUDO A DES YEUX EN BOULES DE LOTO

PRUNE A LA LANGUE BIEN PENDUE

TOM A UN MENTON À DEUX ÉTAGES

MATHIAS A UNE CASE DE VIDE

PABLO A LA TÊTE A L'ENVERS

PAUL A LES YEUX EN BOUTONS DE BOTTINE

ÉRIC EST AIMABLE COMME UNE PORTE DE PRISON

ANITA A UN PETIT POIS DANS LA TÊTE

RAOUL A UNE BILLE DE CLOWN

PIERROT A LA GUEULE DE BOIS

EVE A LE VISAGE COMME UNE ÉCUMOIRE

LÉA S'EST FAIT TIRER LES VERS DU NEZ

JULES PARLE LA LANGUE DE BOIS

MANU A UN NEZ D'AS DE TRÈFLE

DENIS A DES OREILLES EN CHOU-FLEUR

VALÉRIE A LA GORGE SERRÉE

MARC A DES PEAUX DE SAUCISSES DEVANT LES YEUX

ALEX A LES YEUX PLUS GRANDS QUE LE VENTRE

FLAVIA A UN CHEVEU SUR LA LANGUE

BOUCHE COUSUE ! LUCIA

CLARA A LA TÊTE SUR LES ÉPAULES

JULIE A DES YEUX DE MERLANS FRITS

LUCIENNE A UN MENTON EN GALOCHE

CAMILLE A DES PATTES D'OIES

MAËL A MIS LA TÊTE AU CARRÉ À TIM

SIMON N'A PAS LES YEUX EN FACE DES TROUS

merci
Lucia,Victor
Marie Claude
Geneviève, Franck
Sylvie Piedecocq
Frédéric Champy
Charlotte, Bernard
Anne, Rabiaa
Béa, Manu
Nat, Yves
Camille, Gilles

et tous les autres.

www.lagrandefabrique.net
ISBN : 2-9523823-2-8
dépot légal : juin 2006
impression : IML,
Saint Martin en Haut.